THE 3 CHORD SONGBOOK

'The 3-Chord Songbook No. 3' means you ⌐⌐⌐⌐⌐ 40 great songs to your repertoire. Simply by ⌐⌐⌐⌐⌐ you really could play in a day — perhaps, even ⌐⌐⌐⌐⌐ ⌐⌐ow it, you're on the way to being a fully-fl⌐⌐ ⌐⌐⌐⌐⌐⌐mer.

'The 3-Chord Songbook No. 3' doesn't use musical notation, which buskers rarely need anyway. Instead, you learn just three easy-to-read chord symbols.

Why the 3-chord trick? Because rock music — in fact, *all* Western music — is based on three primary chords. Each has a special relationship to the others. In this book, all the songs are written in the key of G major, so the chords are called G, C and D7. Of course, many songs use more than three chords, but, often, they can be simplified to this formula. Others — notably early rock'n'roll numbers and folk-inspired songs — use *only* three chords.

Throughout the book, chord boxes are printed on each page; the chord changes are shown above the lyrics. But it's left up to you, the guitarist, to decide on a strum rhythm or picking pattern.

You might find the pitch of the vocal line is not always comfortable because it goes too high or too low. In that case you can actually change key without learning a new set of chords: you simply place a capo behind a suitable fret.

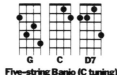

Five-string Banjo (C tuning)

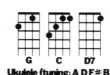

Ukulele (tuning: A D F# B)

Here there are banjo and ukulele chord boxes so that everyone can play along. And if you want a real jam session, a pianist could easily improvise or vamp the chords.

Whatever you do, 'The 3-Chord Songbook No. 3' guarantees hours of enjoyment for the prospective guitarist. It provides a genuine basis for building a fine repertoire.

Concept and design: Pearce Marchbank
Arranged by: Russ Shipton

Wise Publications
London/New York/Sydney

Wise Publications
London/New York/Sydney/Cologne

Exclusive Distributors:
Music Sales Limited
8/9 Frith Street, London W1V 5TZ, England
Music Sales Corporation
24 East 22nd Street, NY 10010, USA
Music Sales Pty. Limited
120 Rothschild Avenue, Rosebery, N.S.W. 2018, Australia

This book © Copyright 1983 by
Wise Publications
ISBN 0 7119-0330-1
Order No. AM 33333
Arranged by Russ Shipton

Music Sales complete catalogue lists thousands of titles and is free from
your local music bookshop, or direct from Music Sales Limited.
Please send £1 in stamps for postage to Music Sales Limited,
8/9 Frith Street, London W1V 5TZ.

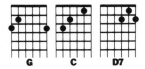

G   C   D7

Candle In The Wind.

Words and Music: Elton John and Bernie Taupin

©*Copyright 1973 for the world by Dick James Music Ltd, 5 Theobalds Road, London, WC1.*
All Rights Reserved. International Copyright Secured.

G
Goodbye Norma Jean, though I never knew you at all   **C**

             G   **C**
You had the grace to hold yourself while those around you crawled

               G   **C**
They crawled out of the woodwork and they whispered into your brain

             G   **C**
They set you on a treadmill and they made you change your name.

Chorus

    D7   **G**   **C**
And it seems to me you lived your life like a candle in the wind

    G   **D7**
Never knowing who to cling to when the rain set in

    C   **G**
And I would have liked to have known you, but I was just a kid

             D7   **C**   **G D7**
Your candle burned out long before your legend ever did.

G
Loneliness was tough, the toughest role you played   **C**

             G   **C**
Hollywood created a superstar and pain was the price you paid

          G   **C**
Even when you died the press still hounded you

           G   **C**
All the papers had to say was that Marilyn was found in the nude.

Chorus

    D7
And it seems to me. . . .

G
Goodbye Norma Jean, though I never knew you at all   **C**

             G   **C**
You had the grace to hold yourself while those around you crawled

           G   **C**
Goodbye Norma Jean, from the young man in the twenty-second row

          G
Who sees you as something more than sexual

            C
More than just our Marilyn Monroe.

Chorus

    D7
And it seems to me. . . .

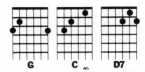

G   C   D7

Apeman.

Words and Music: Raymond Douglas Davies

          G
I think I'm sophisticated 'cause I'm living my life

     D7
Like a good homo sapiens

      G
But all around me everybody's multiplying

         D7
And they're walking round like flies, man

    C
So I'm no better than the animals sitting

      G
In their cages in the zoo, man

'Cause compared to the flowers and the birds and the trees

D7   **G**
I am an apeman.

      G
I think I'm so educated and I'm so civilised

          D7
'Cause I'm a strict vegetarian

       G
And with the over-population and inflation and starvation

      D7
And the crazy politicians

   C
I don't feel safe in this world no more

   G
I don't want to die in a nuclear war

I want to sail away to a distant shore

    D7   **G**
And make like an apeman.

Chorus

G   **D7**
I'm an apeman, I'm an ape, apeman, oh I'm an apeman

     G   **D7**
I'm a king kong man, I'm a voodoo man, oh I'm an apeman

     C
'Cause compared to the sun that sits in the sky

   G
Compared to the clouds as they roll by

Compared to the bugs and the spiders and flies

D7   **G** **C**   **D7**   **G**
I am an apeman, la la la la la la la la, la la la la.

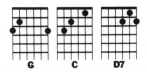

G   D7
In man's evolution he has created the cities

And the motor traffic rumble
G   D7
But give me half a chance and I'd be taking off my clothes

And living in the jungle
          C
But the only time that I feel at ease
G
Is swinging up and down in a coconut tree
                    D7   G
Oh what a life of luxury to be like an apeman.
D7   G
La la la la come on and love me, be my apeman girl
              D7   G   D7
And we'll be so happy in my apeman world.

Chorus
G
I'm an apeman. . . .

Last Chorus
G   D7
I'm an apeman, I'm an ape, apeman, oh I'm an apeman

          G   D7
I'm a king kong man, I'm a voodoo man, oh I'm an apeman
C
I'll be your Tarzan, you'll be my Jane
G
I'll keep you warm and you'll keep me sane

We'll sit in the trees and eat bananas all day
D7   G
Just like an apeman.

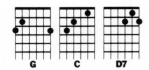

G   C   D7

Brown Sugar.

Words and Music: Mick Jagger and Keith Richard

G
Gold Coast slave, ship bound for cotton fields
C
Sold in a market down in New Orleans
G
Scarred old slaver know he's doin' all right
D7   **G**
Hear him whip the women just around midnight.

Chorus

D7   **G**   **C**   **G** **C**
Ah, brown sugar, how come you taste so good?
G **D7**   **G**   **C**   **G**   **C G**
Ah,   brown sugar, just like a young girl should.

G
Drums beating, cold English blood runs hot
C
Lady of the house wonderin' where it's gonna stop
G
Houseboy knows that he's doin' all right
D7   **G**
You should have heard him just around midnight.

Chorus

D7   **G**
Ah, brown sugar. . .

G
I bet your Mama was a tent show queen
     C
And all her girlfriends were sweet sixteen
G
I'm no schoolboy, but I know what I like
D7   **G**
You should have heard me just around midnight.

Chorus

D7   **G**
Ah, brown sugar. . .

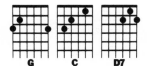

G   C   D7

I Saw Her Standing There.

Words and Music: John Lennon and Paul McCartney

           G
Well she was just seventeen

   C   **G**
You know what I mean

And the way she looked

              D7
Was way beyond compare

 G   **C**
So how could I dance with another

       G   **D7**   **G**
Oh, when I saw her standing there?

   G
Well she looked at me

  C   **G**
And I, I could see

That before too long

           D7
I'd fall in love with her

G   **C**
She wouldn't dance with another

       G   **D7**   **G**
Oh, when I saw her standing there.

   C
Well my heart went boom

When I crossed that room

              D7 **C**
And I held her hand in mine.

    G
Oh we danced through the night

     C   **G**
And we held each other tight

And before too long

      D7
I feel in love with her

   G   **C**
Now I'll never dance with another

      G   **D7** **G**
Oh, since I saw her standing there.

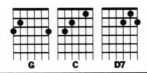

G   C   D7

Bottle Of Wine.

Words and Music: Tom Paxton

Chorus

G
Bottle of wine, fruit of the vine

                     D7 G
When you gonna let me get sober?

Leave me alone, let me go home

              D7 G
Let me go back and start over.

G   **D7**   **C**   **G**
Ramblin' round this dirty old town

           D7   **G**
Singin' for nickels and dimes

              D7   **C**   **G**
Time's gettin' rough, I ain't got enough

              D7   **G**
To get a little bottle of wine.

Chorus

G
Bottle of wine. . .

G **D7**   **C**   **G**
Little hotel, older than hell

           D7   **G**
Dark as the coal in a mine

           D7   **C**   **G**
Blankets are thin, I lay there and grin

              D7   **G**
'Cause I got a little bottle of wine.

Chorus

G
Bottle of wine. . .

G   **D7**   **C**   **G**
Pain in my head, bugs in my bed

           D7   **G**
Pants are so old that they shine

           D7   **C** **G**
Out on the street, tell the people I meet

              D7   **G**
Won't you buy me a bottle of wine?

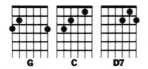

G   C   D7

Chorus
G
Bottle of wine...

       G   **D7**   **C**   **G**
A preacher will preach, a teacher will teach
          D7   **G**
A miner will dig in the mine
         D7 **C**   **G**
I ride the rods, trusting in God
          D7   **G**
Huggin' my bottle of wine.

Chorus
G
Bottle of wine...

Happy Jack.

Words and Music: Peter Townshend

      G   **D7** **G**
Happy Jack wasn't old, but he was a man
   G   **D7** **G**
He lived in the sand at the Isle of Man.
    G   **D7**   **G**
The kids would all sing, he would take the wrong key
   G   **D7**   **G**
So they rode on his head on their furry donkey.

    C   **D7**
The kids couldn't hurt Jack, they tried and tried and tried
    C
They dropped things on his back
 D7
And lied and lied and lied and lied and lied.
     G   **D7** **G**
But they couldn't stop Jack, or the waters lapping
     G   **D7**   **G**
And they couldn't prevent Jack from feeling happy.

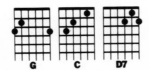

G   C   D7

Baby You're a Rich Man.

Words and Music: John Lennon and Paul McCartney

©Copyright 1967 Northern Songs Limited, 19 Upper Brook Street, London W1.
All Rights Reserved. International Copyright Secured.

D7
How does it feel to be
G   **D7**
One of the beautiful people?

Now that you know who you are
C   **D7**   **G**
What do you want to be?
       D7
And have you travelled very far?
C   **D7**   **G**
Far as the eye can see?

D7
How does it feel to be
G   **D7**
One of the beautiful people?

How often have you been there?
C   **D7**   **G**
Often enough to know
D7
What did you see when you were there?
C   **D7**   **G**
Nothing that doesn't show.

D7
Baby you're a rich man
G
Baby you're a rich man
D7   **G**
Baby you're a rich man too.
     D7   **G**
You keep all your money in a big brown bag
       D7   **G**
Inside a zoo, what a thing to do
D7
Baby you're a rich man
G
Baby you're a rich man
D7   **G**
Baby you're a rich man too.

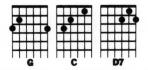

G   C   D7

Listen To Me.

Words and Music: Charles Hardin and Norpan Petty

G   **C**   **D7**
Listen to me, and hold me tight

G   **C**   **D7**
And you will see, our love so right

G
Hold me darling

C **D7** **G C D7**
Listen closely to me.

G   **C**   **D7**
Your eyes will see what love can do

G   **C** **D7**
Reveal to me your so true

G
Listen to me

C **D7** **G C G**
Listen closely to me

D7
I've told the stars you're my only love

G   **C**   **G**
I want to love you tenderly

   D7
Those same bright stars in heaven above

C   **D7**
Know now how sweet sweethearts can be.

G   **C**   **D7**
Listen to me, hear what I say

G   **C**   **D7**
Our hearts can be nearer each day

G
Hold me darling

C **D7** **G C D7**
Listen closely to me.

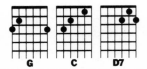

G   C   D7

Father And Son.

Words and Music: Cat Stevens

©Copyright 1970 Freshwater Music Ltd, 22 St Peters Square, London W6 for the World.
All Rights Reserved. International Copyright Secured.

      G   **D7**
It's not time to make a change

      C
Just relax, take it easy

          G
You're still young, that's your fault

        D7
There's so much you have to know

      G   **D7**
Find a girl, settle down

             C
If you want, you can marry

      G   **D7**
Look at me, I am old, but I'm happy.

      G   **D7**
I was once like you are now

       C
And I know that it's not easy

      G   **D7**
To be calm when you've found something going on

             G   **D7**
But take your time, think a lot

          C
Think of everything you've got

              G
For you will still be here tomorrow

    D7   **G C G C**
But your dreams may not.

      G   **D7**
How can I try to explain?

      C
When I do he turns away again

      G   **D7**
It's always been the same, same old story

         G   **D7**
From the moment I could talk

      C
I was ordered to listen

         G
Now there's a way

           D7   **G**
And I know that I have to go away

D7   **C**   **G C G C**
I know I have to go.

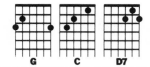

G   G   C   D7

G   **D7**
All the times that I've cried

      C
Keeping all the things I knew inside

    G   **D7**
It's hard, but it's harder to ignore it

        G   **D7**
If they were right, I'd agree

      C
But it's them, they know, not me

        G
Now there's a way

           D7   **C**   **G**
And I know that I have to go away

D7   **C**   **G C G C G**
I know I have to go.

Don't Be Cruel.

Words and Music: Otis Blackwell and Elvis Presley

    G
You know I can be found

Sitting home all alone

    C
If you can't come around

    G
At least please telephone.

    D7   **G**
Don't be cruel to a heart that's true.

    G
Baby if I made you mad

For something I might have said

    C
Please let's forget the past

    G
The future looks bright ahead.

    D7   **G**
Don't be cruel to a heart that's true.

    C   **D7**
I don't want no other love

    C   **D7**   **G**
Baby it's just you I'm thinking of.

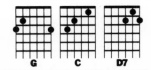

G
Don't stop thinking of me

Don't make me feel this way
C
Come on over here and love me
G
You know what I want you to say.
D7   G
Don't be cruel to a heart that's true.

C   D7
Why should we be apart?
C   D7   G
I really love you baby cross my heart.

G
Let's walk up to the preacher

And let us say "I do"
C
Then you'll know you have me
G
And I'll know I'll have you too.
D7   G
Don't be cruel to a heart that's true.

C   D7
I don't want no other love
C   D7   G
Baby it's just you I'm thinking of.

Daddy Sang Bass.

Words and Music: Carl Perkins

©Copyright 1968 by Cedarwood Publishing Co. Inc. and House of Cash, USA.
Southern Music Publishing Co. Ltd., 8 Denmark Street, London WC2.
All Rights Reserved. International Copyright Secured.

G
I remember when I was a lad
C   G
Times were hard and things were bad
D7
But there's a silver lining behind every cloud
G
Just poor people, that's all we were
C   G
Trying to make a living out of black land dirt.
D7   G
We'd get together in a family circle, singin' loud.

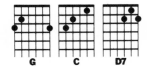

G   C   D7

Chorus

           G
Daddy sang bass, Mama sang tenor

                   C   **G**
Me and little brother would join right in there

                     D7
Singin' seems to help a troubled soul

           G
One of these days, and it won't be long

   C   **G**
I'll rejoin them in a song

                 D7   **G** **C G**
I'm gonna join the family circle at the throne.

          G
No the circle won't be broken

        C   **G D7**
Bye and bye, Lord, bye and bye

G
Daddy'll sing bass, mama'll sing tenor.

            C   **G**
Me and little brother will join right in there

         C D7 G
In the sky, Lord, in the sky.

          G
Now I remember after work

         C   **G**
Mama would call in all of us

                    D7
You could hear us singin' for a country mile

         G
Now little brother has done gone on

     C   **G**
But I'll rejoin him in a song

                  D7   **G**
We'll be together again up yonder in a little while.

Chorus

          G
Daddy sang bass, Mama sang tenor. . . .

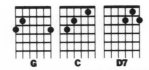

Anyone Who Isn't Me Tonight.

Words and Music: Casie Kelly and Julie Didier

G
When you made love to me tonight
C   **D7**   **G**
I felt as if I'd died and gone to heaven

If that's how it feels to die
C   **D7**   **G**
Then take me in your arms, I'm through with livin'

I'll get down on my knees and thank the good Lord up above
C   **D7**
That I'm the lucky girl you chose to love.

Chorus
     G   **C**   **D7**   **G**
And I feel sorry for anyone who isn't me tonight
           C   **D7**
So if you think I'm braggin', well you're right
     G   **C**   **D7**   **G**
Your love has sent me flyin' and I'm higher than a kite
     C   **G**   **D7**   **C** **G**
And I feel sorry for anyone that isn't me tonight.

     G
You've got the kind of body
     C   **D7**   **G**
That was made to give a man a lot of pleasure

But what you've given me tonight
     C   **D7**   **G**
Is more than anything on earth can measure

Every inch of you that's woman makes me that much more a man
     C   **D7**
I've just about enjoyed all I can stand.

Chorus
     G
And I feel sorry. . . .

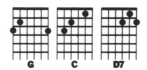

G   C   D7

It Wasn't God Who Made Honky Tonk Angels.

Words and Music: J.D. Miller

    G   **C**
As I sit here tonight, the juke box playing
    D7   **G**
The tune about the wild side of life
                     C
As I listen to the words you are saying
    D7   **G**
It brings memories when I was a trusting wife.

Chorus

      G   **C**
It wasn't God who made honky tonk angels
    D7   **G**
As you said in the words of your song
                         C
Too many times married men think they're still single
    D7   **G** **D7**
That has caused many a good girl to go wrong.

      G   **C**
It's a shame that all the blame is on us women
    D7   **G**
It's not true that only you men feel the same
                       C
From the start most every heart that's ever broken
    D7   **G**
Was because there always was a man to blame.

Chorus

    G
It wasn't God. . . .

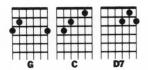

G   C   D7

Getting Better.

Words and Music: John Lennon and Paul McCartney

D7   G   D7
I used to get mad at my school
     G   D7
The teachers who taught me weren't cool
G   D7   G
Holding me down, turning me round
D7   G   D7
Filling me up with your rules.

Chorus
    G   C
I've got to admit it's getting better
          G   C
It's a little better all the time
   G   C
I have to admit it's getting better
         G   C   D7 G
It's getting better since you've been mine

    D7   G   D7
Me used to be angry young man
   G   D7
Me hiding me head in the sand
     G   D7   G
You gave me the word, I finally heard
   D7   G   D7
I'm doing the best that I can.

Chorus
   G
I've got to admit. . . .

G
Getting so much better all the time.

    D7   G   D7
I used to be cruel to my woman, I beat her
    G   D7
And kept her apart from the things she loved
G   D7   G
Man, I was mean, but I'm changing my scene
    D7   G   D7
And I'm doing the best that I can.

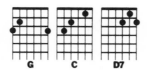

G   C   D7

Chorus

G
I've got to admit. . . .

G
Getting so much better all the time.

The Great Pretender.

Words and Music: Buck Ram

 G   **D7**   **G**
Oh yes, I'm the great pretender
 C   **G**
Pretending that I'm doin' well
 C   **D7**   **G**   **C**
My need is such, I pretend too much
 G   **D7**   **G** **D7**
I'm lonely but no-one can tell.

 G   **D7**   **G**
Oh yes, I'm the great pretender
 C   **G**
Adrift in a world of my own
 C   **D7**   **G**   **C**
I play the game, but to my real shame
 G   **D7**   **G**
You've left me to dream all alone.

 C   **G**
Too real is this feeling of make-believe
 C
Too real when I feel
 G   **D7**
What my heart can't conceal
 G   **D7**   **G**
Oh yes I'm the great pretender
 C   **G**
Just laughin' and gay like a clown
 C   **D7**   **G**   **C**
I seem to be what I'm not, you see
 G   **D7**   **G**
I'm wearing my heart like a crown
            D7   **G** **D7**
Pretending that you're still around.

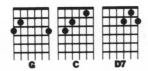

G   C   D7

I'm Down.

Words and Music: John Lennon and Paul McCartney

G
You tell lies thinking I can't see

You don't cry cos you're laughing at me

Chorus
     C   **G**   **C**
I'm down, I'm down, I'm down
D7   **G**
How can you laugh when you know I'm down?
D7   **G**
How can you laugh when you know I'm down?

G
Man buys ring, woman throw it away

Same old thing happen every day

Chorus
    C
I'm down. . . .

G
We're all alone and there's nobody else

You still moan "Keep your hands to yourself!"

Chorus
    C
I'm down. . . .

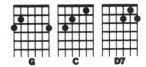

G   C   D7

Rain.

Words and Music: John Lennon and Paul McCartney

G
If the rain comes
  C   **D7**   **G**
They run and hide their heads
  C   **D7**   **G**
They might as well be dead
  C
If the rain comes
  G
If the rain comes.

  G
When the sun shines
  C **D7**   **G**
They slip into the shade
  C   **D7** **G**
And sip their lemonade
  C
When the sun shines
  G
When the sun shines.

G C   **G**
Rain, I don't mind
G C   **G**
Shine, the weather's fine.

  G
I can show you
  C   **D7**   **G**
That when it starts to rain
C **D7**   **G**
Everything's the same
  C
I can show you
  G
I can show you.

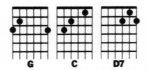

G   C   D7

Folsom Prison Blues.

Words and Music: Johnny Cash

G
I hear the train a-comin'

It's rollin' round the bend

And I ain't seen the sunshine

Since I don't know when

C
I'm stuck at Folsom Prison

                 G
And time keeps draggin' on

D7
But that train keeps rollin'

            G
On down to San Antone.

G
When I was just a baby

My mama told me "Son"

"Always be a good boy"

"Don't ever play with guns"

C
But I shot a man in Reno

        G
Just to watch him die

D7
When I hear that whistle blowin'

        G
I hang my head and cry.

G
I bet there's rich folks

Eating in a fancy dining car

They're probably drinkin' coffee

And smokin' big cigars

C
But I know I had it comin'

      G
I know I can't be free

D7
But those people keep a-movin'

         G
And that's what tortures me.

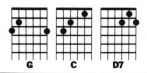

                                            G   C   D7

G
Well if they freed me from this prison

If that railroad train was mine

I bet I'd move on over

A little further down the line
C
Far from Folsom Prison
                            G
That's where I want to stay
D7
And I'd let that lonesome whistle
                   G
Blow my blues away.

Everybody's Talkin'.

Words and Music: Fred Neil

G
Everybody's talkin' at me

I don't hear a word they're sayin'
D7   **G**
Only the echoes of my mind.
G
People stoppin', starin'

I can't see their faces
D7   **G**
Only the shadows of their eyes.

C   **D7**
I'm goin' where the sun keeps shinin'
G
Through the pourin' rain.
C   **D7**   **G**
Goin' where the weather suits my clothes.
C   **D7**
Banking off of the North East wind
G
Sailin' on summer breeze
C   **D7**   **G**
And skippin' over the ocean like a stone.

G
Everybody's talkin' at me. . . .

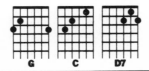

G   C   D7

A Little Peace.

Music: Ralph Siegel Original German lyric: Bernd Meinunger
English lyric: Paul Greedus

G   **D7**
Just like a flower when winter begins
                    G
Just like a candle blown out in the wind
                 C
Just like a bird that can no longer fly
D7   **G**
I'm feeling that way sometimes.

        G   **D7**
But then as I'm falling, weighed down by the load
               G
I picture a light at the end of the road
                   C
And closing my eyes I can see through the dark
D7   **G**
The dream that is in my heart.

Chorus
      G   **D7**
A little loving, a little giving
                        G
To build a dream for the world we live in
              D7
A little patience and understanding
                G
For our tomorrow, a little peace.
      G   **D7**
A little sunshine, a sea of gladness
                   G
To wash away all the tears of sadness
             D7
A little hoping, a little praying
                G
For our tomorrow, a little peace.

      G   **D7**
I feel I'm a leaf in the November snow
                 G
I feel to the ground, there was no-one below
        G   **C**
So now I am helpless, alone with my song
D7   **G**
Just wishing the storm was gone.

Chorus
      G   **D7**
A little loving, a little giving. . .

Page 26

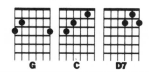

G   C   D7

I've Got A Tiger By The Tail.

Words and Music: Harlan Howard and Buck Owens

Chorus

    G   **C**
I've got a tiger by the tail, it's plain to see

 D7   **G D7**
I won't be much when you get through with me

    G   **C**
Well I'm a-losing weight and a-turning mighty pale

D7   **G**
Looks like I've got a tiger by the tail.

    G
Well I thought the day I met you

    C
You were meek as a lamb

D7   **G D7**
Just the kind to fit my dreams and plans

   G   **C**
But now the pace we're livin' takes the wind from my sail

    D7   **G**
And it looks like I've got a tiger by the tail.

Chorus

    G
I've got a tiger by the tail. . . .

    G   **C**
Well every night you drag me where the bright lights are found

D7   **G D7**
There ain't no way to slow you down

G   **C**
I'm about as helpless as a leaf in a gale

   D7   **G**
And it looks like I've got a tiger by the tail.

Chorus

    G
I've got a tiger by the tail. . . .

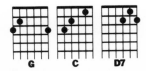

G   C   D7

Me And Bobby McGee.

Words and Music: Kris Kristofferson

G
Busted flat in Baton Rouge, headin' for the trains

                      D7
Feelin' nearly faded as my jeans

Bobby thumbed a diesel down, just before it rained

                   G
Took us all the way to New Orleans.

Took my harpoon out of my dirty red bandanna

                     C
And was blowin' sad while Bobby sang the blues

With them windshield wipers slappin' time

  G   **D7**
And Bobby clappin' hands we finally sang up

              G
Every song that driver knew.

C   **G**
Freedom's just another word for nothin' left to lose

  D7   **G**
And nothin' ain't worth nothin' but it's free

C   **G**
Feelin' good was easy, Lord, when Bobby sang the blues

D7
And buddy that was good enough for me

               G
Good enough for me and my Bobby McGee.

         G
From the coalmines of Kentucky to the Californian sun

              D7
Bobby shared the secrets of my soul

Standin' right beside me, through everything I done

              G
And every night she kept me from the cold

Then somewhere near Salinas, Lord, I let her slip away

           C
She was lookin' for the love I hoped she'd find

           G
Well I'd trade all my tomorrows for a single yesterday

D7   **G**
Holdin' Bobby's body close to mine.

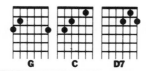

G   C   D7

C   **G**
Freedom's just another word for nothin' left to lose

   D7   **G**
And nothin' left was all she left for me

C   **G**
Feelin' good was easy, Lord, when Bobby sang the blues

D7
And buddy that was good enough for me

                       G
Good enough for me and Bobby McGee.

Save The Last Dance For Me.

Words and Music: Doc Pomus and Mort Shuman

         G
You can dance every dance

With the guy who gave you the eye
       D7
Let him hold you tight

You can smile every smile

For the man who held your hand
         G
'Neath the pale moonlight
           C
But don't forget who's takin' you home
                     G
And in whose arms you're gonna be
   D7   **G**
So darlin', save the last dance for me.

         G
Oh I know that the music is fine

Like sparklin' wine
       D7
Go and have your fun

Laugh and sing, but while we're apart
         G
Don't give your heart to anyone
           C
But don't forget who's takin' you home
                     G
And in whose arms you're gonna be
   D7   **G**
So darlin', save the last dance for me.

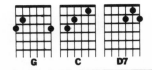

G   C   D7

D7
Baby don't you know I love you so?

         G
Can't you feel it when we touch?

D7
I will never never let you go

     G
I love you oh so much.

       G
You can dance, go and carry on

Till the night is gone

    D7
And it's time to go

If he asks if you're all alone

Can he take you home

       G
You must tell him "No"

         C
'Cause don't forget who's takin' you home

         G
And in whose arms you're gonna be

D7   **G**
So darlin', save the last dance for me.

Got A Lot Of Livin' To Do.

Words and Music: Aaron Schroeder and Ben Weisman

      G   **C**   **G**
There's a moon that's big and bright

      C   **G**
In the Milky Way tonight

     C
But the way you act

            G
You never would know it's there

D7
Now baby time's a-wastin'

A lot of kisses I ain't bin tastin'

   C
Don't know about you

   D7   **G**
But I'm a-gonna get my share.

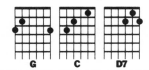
G C D7

Chorus

D7
Oh yes I've got a lot of livin' to do
G
Whole lot of lovin' to do

C
Come on baby

                   G
To make it fun it takes two
D7
Oh yes I've got a lot of livin' to do
G
Whole lot of lovin' to do

            C
And there's no one who

                    G D7 G
I'd rather do it with-a than you.

          G   **C**   **G**
You're the prettiest thing I've seen
                 C   **G**
But you treat me so doggone mean

         C
Ain't you got no heart?

               G
I'm dyin' to hold you near
         D7
Why do you keep me waitin'?

Why don't you start co-operatin'?
        C
Ain't the things I say
     D7   **G**
The things you wanna hear?

Chorus

        D7
Oh yes I've...

Words Of Love.

Words and Music: Buddy Holly

G   **D7**   **G**
Hold me close and tell me how you feel
D7   **G D7 G**   **D7**
Tell me love is real, oh oh oh
G   **D7**   **G**
Words of love you whisper soft and true
D7   **G D7 G**   **D7**
"Darling, I love you", oh oh oh.

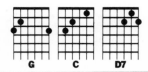

G   C   D7

Peggy Sue.

Words and Music: Jerry Allison, Norman Petty and Buddy Holly

©*Copyright 1957 MPL Communications Inc.*
Southern Music Publishing Co. Ltd, 8 Denmark Street, London, WC2.
All Rights Reserved. International Copyright Secured.

G   **C**
If you knew, Peggy Sue

G   **C**   **G**
Then you'd know why I feel blue

        C   **G C G**
About Peggy, 'bout my Peggy Sue.

         D7
Oh well I love you gal

     C   **G C G D7**
Yes I love you Peggy Sue.

G   **C**
Peggy Sue, Peggy Sue

G   **C**   **G**
Oh how my heart yearns for you

     C   **G C G**
Oh Peggy, my Peggy Sue

         D7
Oh well I love you gal

     C   **G C G D7**
Yes I love you Peggy Sue.

G
Peggy Sue, Peggy Sue

C
Pretty pretty, pretty pretty

G
Peggy Sue

        C   **G C G**
Oh my Peggy, my Peggy Sue

         D7
Oh well I love you gal

     C   **G C G D7**
And I need you Peggy Sue.

G   **C**
I love you, Peggy Sue

G   **C**   **G**
With a love so rare and true

     C   **G C G**
Oh Peggy, my Peggy Sue

         D7
Oh well I love you gal

     C   **G C G D7**
Yes I want you, Peggy Sue.

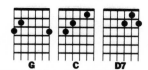

G   C   D7

You Are My Sunshine.

Words and Music: Jimmie Davis and Charles Mitchell

        G
The other night'dear, as I lay dreaming

        C   **G**
I dreamt that you were by my side

      C   **G**
Came disillusion, when I awoke, dear

        D7   **G**
You were gone, and then I cried:

Chorus

        G
You are my sunshine, my only sunshine

        C   **G**
You make me happy when skies are grey

      C   **G**
You'll never know dear, how much I love you

        D7   **G**
Please don't take my sunshine away.

        G
You told me once, dear, there'd be no other

        C   **G**
And no-one else could come between

      C   **G**
But now you've left me to love another

        D7   **G**
You have broken all my dreams.

Chorus

        G
You are my sunshine. . . .

        G
I'll always love you, and make you happy

        C   **G**
If you will only do the same

      C   **G**
But if you leave me, how it will grieve me

        D7   **G**
Never more I'll breathe your name.

Chorus

        G
You are my sunshine. . . .

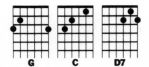

G   C   D7

19th Nervous Breakdown.

Words and Music: Mick Jagger and Keith Richard

         G
You're the kind of person you meet

At certain dismal, dull affairs

Centre of a crowd, talking much too loud

Running up and down the stairs
     C
Well it seems to me that you have seen

Too much in too few years
    G
And though you've tried, you just can't hide

Your eyes are edged with tears.

Chorus
G   **D7**   **C**
You better stop, look around
      G   **D7**   **G**
Here it comes, here it comes
      C
Here it comes, here it comes
      G
Here comes your nineteenth nervous breakdown.

      G
When you were a child you were treated kind

But never brought up right

You were overspoilt with a thousand toys

And still you cried all night
     C
Your mother who neglected you

Owes a million dollars tax
    G
Your father's still perfecting ways

Of making sealing wax.

Chorus
G   **D7**
You better stop. . . .

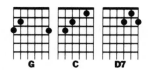

G   C   D7

D7   **G**
Oh who's to blame, that girl's just insane

Well nothing I do don't seem to work
    D7
It only seems to make matters worse

Oh please.

       G
You were still in school when you had that fool

Who really messed your mind

And after that, you turned your back

On treating people kind
    C
On our first trip I tried so hard

To rearrange your mind
    G
But after a while I realised

You were disarranging mine.

Chorus
G   **D7**
   You better stop. . . .

D7   **G**
Oh who's to blame, that girl's just insane

Well nothing I do don't seem to work
    D7
It only seems to make matters worse

Oh please.

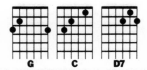

G   C   D7

Mean Woman Blues.

Words and Music: Claude DeMetrius

Chorus
G
I got a woman mean as she can be
C   G
I got a woman mean as she can be
   D7   C   G
Sometimes I think she's almost mean as me.

    G
A black cat up and died of fright

'Cause she crossed his path last night.
   C   G
Oh I got a woman mean as she can be
   D7   C   G
Sometimes I think she's almost mean as me.

    G
She kiss so hard she bruise my lips

Hurts so good my heart just flips.
   C   G
Oh I got a woman mean as she can be
   D7   C   G
Sometimes I think she's almost mean as me.

    G
The strangest gal I ever had

Never happy less she's mad.
   C   G
Oh I got a woman mean as she can be
   D7   C   G
Sometimes I think she's almost mean as me.

G
She makes love without a smile

Ooh hot dog that drives me wild.
   C   G
Oh I got a woman mean as she can be
   D7   C   G
Sometimes I think she's almost mean as me.
   D7   C   G
Sometimes I think she's almost mean as me.

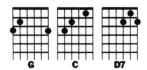

G   C   D7

My Tennessee Mountain Home.

Words and Music: Dolly Parton

G   **C**   **G**
Sitting on the front porch on a summer afternoon

                       D7   **G**
In a straight-backed chair on two legs leaned against the wall

                C   **G**
Watch the kids a-playing with June bugs on a string

                   D7   **G**
And chase the glowing fireflies when evening's shadows fall.

Chorus
G   **C**
In my Tennessee mountain home
G   **D7** **G**
Life is as peaceful as a baby's sigh
                C
In my Tennessee mountain home
G   **D7** **G**
Crickets sing in the fields nearby.

G   **C**   **G**
Honeysuckle vines cling to the fence along the lane

                       D7   **G**
And their fragrance makes the summer wind so sweet

                C   **G**
And on a distant hilltop, an eagle spreads its wings

                  D7   **G**
And a songbird on a fencepost sings a melody.

Chorus
G   **C**
In my Tennessee mountain home. . .

G   **C**   **G**
Walking home from church on Sunday with the one you love

               D7   **G**
Just laughing, talking, making future plans

                       C   **G**
And when the folks ain't looking, you might steal a kiss or two

               D7 **G**
Sitting in the porch swing, holding hands.

Chorus
G   **C**
In my Tennessee mountain home. . .

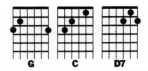

G   C   D7

See You Later Alligator.

Words and Music: Robert Guidry

G
Well I saw my baby walking with another man today

                  C   **G**
Well I saw my baby walking with another man today

                            D7
When I asked her "What's the matter?"

                    G
This is what I heard her say:

Chorus

               G
See you later, alligator

After a while, crocodile

               C
See you later, alligator

               G
After a while, crocodile

                    D7
Can't you see you're in my way now

                    G
Don't you know you cramp my style?

G
When I thought of what she told me

Nearly made me lose my head

                    C
When I thought of what she told me

                    G
Nearly made me lose my head

                D7
But the next time that I saw her

                  G
Reminded her of what she said:

Chorus

See you later. . . .

G
She said "I'm sorry, pretty Daddy"

"You know my love is just for you"

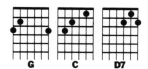

G   C   D7

                C
She said "I'm sorry, pretty Daddy"

                 G
"You know my love is just for you"

              D7
"Won't you say that you'll forgive me"

                G
"And say your love for me is true?"

G
I said "Wait a minute, 'gator

I know you meant it just for play"

             C
I said "Wait a minute, 'gator

               G
I know you meant it just for play"

            D7
Don't you know you really hurt me?

              G
And this is what I have to say:

Chorus

See you later. . . .

Jennifer Juniper.

Words and Music: Donovan Leitch

  C G   C G D7
Jennifer, Juniper, lives upon the hill

  C G   C G D7
Jennifer, Juniper, sitting very still

G   **D7**
Is she sleeping? I don't think so

G   **D7**
Is she breathing? Yes, very low

C   **D7**   **G C G**
Whatcha doing, Jennifer, my love?

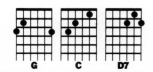

G   C   D7

C   **G**   **C** **G** **D7**
Jennifer, Juniper, rides a dappled mare
C   **G**   **C** **G** **D7**
Jennifer, Juniper, lilacs in her hair
G   **D7**
Is she dreaming? Yes I think so
G   **D7**
Is she pretty? Yes, ever so
C   **D7**   **G**
Whatcha doing, Jennifer, my love?

           C
I'm thinking of
       D7   **C**   **G**
What would it be like if she loved me?
   D7 **G**   **C**
You know just lately this happy song, it came along
     D7
And I like to somehow try and tell you.

C   **G**   **C** **G** **D7**
Jennifer, Juniper, hair of golden flax
C   **G**   **C** **G** **D7**
Jennifer, Juniper, longs for what she lacks
G   **D7**
Do you like her? Yes, I do, Sir
G   **D7**
Would you love her? Yes, I would, Sir
C   **D7**   **G**
Whatcha doing, Jennifer, my love?

       C   **G D7 G** **C**   **G D7**
Jennifer, Juniper, Jennifer Juniper
G   **C**   **G**
Jennifer Juniper.

   C   **G** **C** **G** **D7**   **G**
Jennifer, Juniper, vit sur la colline
   C   **G** **C** **G** **D7**   **G**
Jennifer, Juniper, assise tres tranquille
G   **D7**
Dort-elle? Je ne crois pas
G   **D7**
Respire t'elle? Oui, mais tout bas
C   **D7**   **G**
Qu'est-ce que tu fais, Jenny mon amour?

      C   **G D7 G** **C**   **G D7**
Jennifer Juniper, Jennifer Juniper
G   **C**   **G**
Jennifer Juniper.

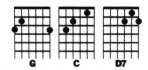

G   C   D7

Good Luck Charm.

Words and Music: Aaron Schroeder and Wally Gold

G   **C** **G**   **D7**
Don't want a four leaf clover, don't want an old horseshoe
G   **C**
Want your kiss, 'cause I just can't miss
   D7   **G**
With a good-luck charm like you.

Chorus

      D7
Come on and be my little good-luck charm
  G
Uh huh, you sweet delight
    D7
I want a good-luck charm a-hangin' on my arm
C   **D7**   **G**
To have (to have) to hold (to hold) tonight.

G   **C** **G**   **D7**
Don't want a silver dollar, rabbit's foot on a string
  G   **C**
The happiness in your warm caress
D7   **G**
No rabbit's foot can bring.

Chorus

      D7
Come on and be. . . .

 G   **C** **G**   **D7**
If I found a lucky penny, I'd toss it across the bay
  G   **C**
Your love is worth all the gold on earth
D7   **G**
No wonder that I say:

Chorus

      D7
Come on and be. . . .

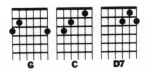

To Try For The Sun.

Words and Music: Donovan

```
G              C G  D7
We stood in the windy city
     C     D7      G
The gypsy boy and I
     G         C   G     D7
We slept on the breeze in the midnight
            C            D7        G
With the rain droppin' tears in our eyes.
```

Chorus

```
       C          D7      G
And who's going to be the one
       C          D7          G
To say it was no good what we done?
     C          D7`         G
I dare a man to say I'm too young
       C          D7        G
For I'm going to try for the sun.
```

```
     G            C G  D7
We huddled in a derelict building
            C              D7 G
And when he thought I was asleep
     G         C   G         D7
He laid his fur coat round my shoulder
            C           D7         G
And shivered there beside me in a heap.
```

Chorus

```
       C          D7      G
And who's going to be the one. . . .
```

```
     G               C   G  D7
We sang and cracked the sky with laughter
     C            D7         G
Our breath turned to mist in the cold
     G        C   G      D7
Our years put together come to thirty
          C         D7          G
But our eyes told the dawn we were old.
```

Chorus

```
       C          D7      G
And who's going to be the one. . . .
```

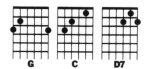

G   C   G   D7
Mirror, mirror, hanging in the sky

        C   D7   G
Won't you look down at what's happening here below?

G   C   G   D7
I stand here, singing to the flowers

     C   D7   G
So very few people really know.

Chorus

      C   D7   G
And who's going to be the one. . . .

Sunshine Superman.

Words and Music: Donovan Leitch

G
Sunshine came softly through my window today

Could have tripped out easy, but I've changed my ways
C
It'll take time I know it, but in a while
G
You're gonna be mine and I know it, we'll do it in style
D7   C   G
'Cause I've made my mind up you're going to be mine

I'll tell you right now, any trick in the book

And now baby, all that I can find.

G
Everybody's hustling just to have a little scene

When I said we'll be cool I think that you know what I mean
C
We stood on a beach at sunset, do you remember when?
G
I know a beach where day fell it never ends
D7   C   G
When you've made your mind up forever to be mine.

G
I'll pick up your hand and slowly, blow your little mind
D7   C   G
'Cause I've made my mind up you're going to be mine.

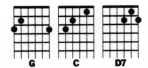

G   C   D7

I Walk The Line.

Words and Music: Johnny Cash

G **D7**   **G**
I keep a close watch on this heart of mine

    D7   **G**
I keep my eyes wide open all the time

     C   **G**
I keep the ends out for the tie that binds

     D7   **G**
Because you're mine, I walk the line.

    D7   **G**
I find it very, very easy to be true

    D7   **G**
I find myself alone when each day is through

    C   **G**
Yes, I'll admit that I'm a fool for you

     D7   **G**
Because you're mine, I walk the line.

    D7   **G**
As sure as night is dark and day is light

    D7   **G**
I keep you on my mind both day and night

   C
And happiness I've known proves that it's right

     D7   **G**
Because you're mine, I walk the line.

    D7   **G**
You've got a way to keep me on your side

    D7   **G**
You give me cause for love that I can't hide

   C   **G**
For you I know I'd even try to turn the tide

     D7   **G**
Because you're mine, I walk the line.

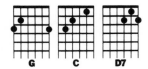

G   C   D7

Substitute.

Words and Music: Peter Townshend

```
G              C            G
  You think we look pretty good together
G              C            G
  You think my shoes are made of leather
          C            D7
But I'm a substitute for another guy
      C            D7
I look pretty tall, but my heels are high
        C              D7
The simple things you see are all complicated
      C                    D7
I look pretty good but I'm just back-dated, yeah.


G    D7  C   G
Substitute lies for fact
            D7        C    G
I can see right through your plastic mac
       D7      C     G
I look all white but my Dad was black
          D7        C      G
My fine-looking suit is really made out of sack.


G              C            G
  I was born with a plastic spoon in my mouth
G                    C                  G
North side of my town faced east and the east was facing south
        C            D7
Now you dare to look me in the eye
      C              D7
But crocodile tears are what you cry
        C              D7
If it's a genuine problem you won't try
      C                        D7
To work it out at all, just pass it by, pass it by.


G    D7  C   G
Substitute me for him
    D7    C    G
Substitute my coke for gin
    D7    C    G
Substitute you for my Mum
        D7    C    G
At least I get my washing done.
```

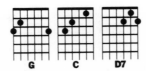

G   C   D7

Turn, Turn, Turn.

Words: Book of Ecclesiastes
Adaptation and Music: Pete Seeger

Chorus
        G   **C** **G** **D7**
To everything, turn, turn, turn
G   **C** **G** **D7**
There is a season, turn, turn, turn
C **G**   **D7**   **G**
And a time for every purpose under heaven.

G   **D7**   **G**
A time to be born, a time to die
       D7   **G**
A time to plant, a time to reap
       D7   **G**
A time to kill, a time to heal
        C **D7** **G**
A time to laugh, a time to weep.

Chorus
        G   **C** **G** **D7**
To everything, turn, turn, turn...

G   **D7**   **G**
A time to build up, a time to break down
      D7   **G**
A time to dance, a time to mourn
      D7   **G**
A time to cast away stones.
      C **D7** **G**
A time to gather stones together.

Chorus
        G   **C** **G** **D7**
To everything, turn, turn, turn,..

G   **D7**   **G**
A time of love, a time of hate
     D7   **G**
A time of war, a time of peace
      D7 **G**
A time you may embrace
      C   **G**
A time to refrain from embracing.

Chorus
        G   **C** **G** **D7**
To everything, turn, turn, turn...

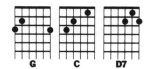

G **D7**   G
A time to gain, a time to lose
   D7   G
A time to rend, a time to sew
   D7   G
A time to love, a time to hate
   C **D7**   G
A time of peace, I swear it's not too late.

Chorus
    G **C** **G** **D7**
To everything, turn, turn, turn...

Kansas City.

Traditional

©Copyright 1983 Dorsey Brothers Music Ltd., London W1.
All Rights Reserved. International Copyright Secured.

    G
I'm goin' to Kansas City, Kansas City here I come
    C   **G**
I'm goin' to Kansas City, Kansas City here I come
    D7
They go some crazy little women there
 C   **G** **D7**
And I'm gonna have me some.

    G
Now I'll be standin' on the corner, twelfth street and Vine
    C   **G**
Yeah I'll be standin' on the corner, twelfth street and Vine
 D7   **C**   **G** **D7**
With my Kansas City baby and my bottle of cherry wine.

    G
Well I might take a train, might take a plane

If I have to walk I'm gonna get there just the same
    C   **G**
I'm goin' to Kansas City, Kansas City here I come
    D7
They got some crazy little women there
 C   **G** **D7 G**
And I'm gonna have me some.

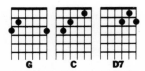

G   C   D7

Off The Hook.

Words and Music: Mick Jagger and Keith Richard

G
Sittin' in my bedroom late last night

Got into bed and turned out the light
     C
Decide to call my baby on the telephone
G
All I got was a busy tone.

Chorus
       G   **C**
It's off the hook, it's off the hook
      G   **C**
It's off the hook, it's off the hook
      G
It's off the hook.

     G
It's been off it so long she upset my mind

Why is she talkin' such a long long time?
C
Maybe she's a-sleepin', maybe she's ill
G
Phone's disconnected, unpaid bill.

Chorus

     G
It's off the hook. . . .

G
Don't wanta see her, 'fraid of what I'd find

Tired of letting her upset me all the time
C
Back into bed, started readin' my book
G
Take my phone right off the hook.

Chorus

     G
It's off the hook. . . .

Printed and bound in Great Britain by
Caligraving Limited Thetford Norfolk

1/99(32906)